있잖아, 누구씨

초판1쇄 발행일
2014년 2월 27일

초판5쇄 발행일
2017년 10월 15일

글
정미진

그림
김소라

펴낸곳
atnoon books

펴낸이
방준배

디자인
강경탁 (a-g-k.kr)

교정
엄재은

등록
2013년 08월 27일 제 2013-000257호

주소
서울시 마포구 연남로 30

홈페이지
www.atnoonbooks.net

온라인몰
www.atnoonstudio.net

페이스북
atnoonbooks

인스타그램
atnoonbooks

연락처
atnoonbooks@naver.com

ISBN 979-11-952161-0-9

이 책의 글과 그림의 일부 또는 전부를 재사용하려면 반드시 저작권자의 동의를 얻어야 합니다.

ⓒ 정미진 김소라, 2014

이 도서의 국립중앙도서관 출판시도서목록(CIP)은 서지정보유통지원시스템 홈페이지(http://seoji.nl.go.kr)와 국가자료공동목록시스템(http://www.nl.go.kr/kolisnet)에서 이용하실 수 있습니다.(CIP제어번호: CIP2014004369)

책값은 뒤표지에 표기되어 있습니다.

있잖아, 누구씨

글 · 정미진 그림 · 김소라

at|noon *books*

 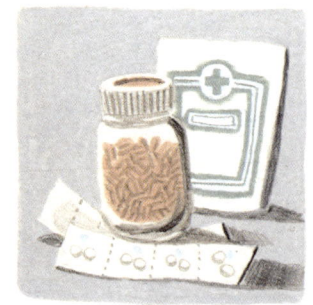 

괜찮아.
혼자여도 말이지.

내가 남들과 나르다고 생각하지 않아.
그저 조금 약할 뿐.

가장 듣기 싫은 말은
넌 왜 그렇게 잘 우는 거야.

그래도 괜찮아.
나는 이런 내가 좋거든.

가끔 궁금할 때가 있어.
사람들은 왜 화를 내는 걸까.

언제 화를 내고
언제 화를 내지 않는지

아무리 생각해도 잘 모르겠어.

그래서 함께보단 혼자가 좋아.

가끔 심심하긴 하지만 말이야.

나랑 똑 닮은 녀석을 발견했어.

이름은 뭘로 할까.

그래, 누구씨. 누구씨가 좋겠다.

있잖아, 누구씨.
나는 사실 수다쟁이야.
하고 싶은 말이 아주 많아.

누구씨는 내 말을 잘 들어줘서 좋아.

누구씨가 참 좋아.
정말정말 좋아.
이건 진심이야. 누구씨.

그런데 이상하지, 누구씨.
사람들은 누구씨가 보이지 않는대.

누구씨 이야기를 하면 거짓말이라고 해.

누구씨 이야기를 하면 전보다 더 크게 화를 내.

누구씨가
아주 재미있는 농담을 하고
아주 멋진 춤을 춘다는 걸
아무도 믿지 않아.

참 이상하지 누구씨.

아니, 내가 이상한 걸까.

누구씨. 나는 거짓말쟁이일까.
이젠 정말 모르겠어.

미안. 누구씨.
생각할 시간이 필요해.

내가 정말 이상한 건지 아닌지.

따라오지 마. 누구씨.

시간이 필요하다고 했잖아.

화내지 마. 누구씨.

누구씨가 화내면 정말 무섭단 말이야.

나는 이제 괜찮지 않아.
내가 정말 남들과 다른 것 같이 느껴져.
다르다는 건 무서운 거잖아.

어쩌면 좋을까.
이대로 괜찮을까.

떠오르는 생각은 하나뿐.

미안해. 누구씨.
이제 나는 괜찮아.

아무도 나에게 거짓말쟁이라고 하거나
화를 내지 않게 되었어.

그렇다고 나를 믿는 것 같지는 않지만 말이야.
그래도 괜찮다는 건 꽤 괜찮은 거야.

잘 됐지.

정말.

괜찮아.

혼자여도 말이지.

가장 듣기 싫어하는 말은
넌 왜 그렇게 잘 우는 거야.

그래도 괜찮아.
나는 이런 내가 좋거든.

가끔 궁금할 때가 있어.
사람들은 왜 화를 내는 걸까.

언제 화를 내고
언제 화를 내지 않는지

아무리 생각해도 잘 모르겠어.

그래서 함께보단 혼자가 좋아.

나랑 똑 닮은 녀석을 발견했어.

그런데 말이지.
나이가 드니 세상은 점점 닮아가는 것 같아.

사실 나는 수다쟁이야.
하고 싶은 말이 아주 많아.

이제는 들어주는 사람이 없어도 상관이 없게 되었어.

좋은 걸까.

그렇지 않은 걸까.

이상하지.
사람들은 내가 보이지 않나 봐.

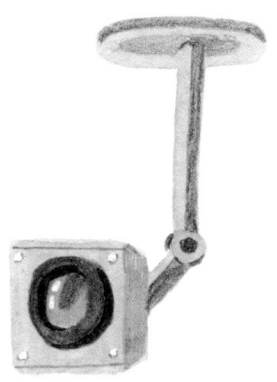

내가 이야기를 하면 거짓말이라고 해.

가끔 화를 내는 사람도 있어.

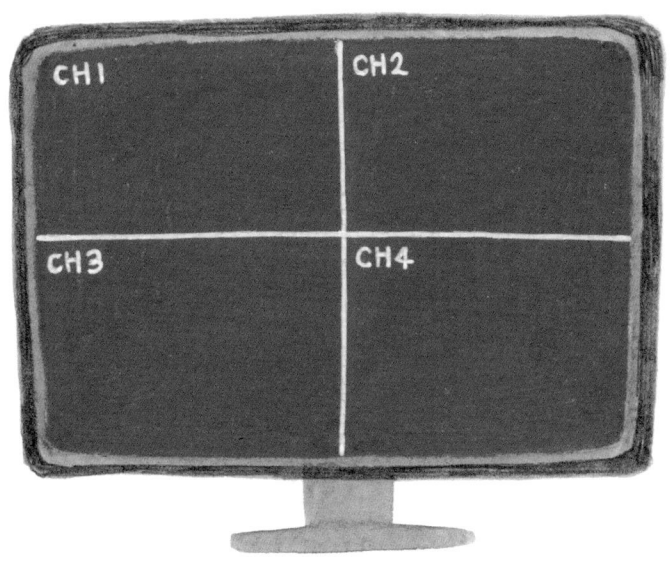

그저 조금 약한 사람도 있다는 걸
아무도 믿지 않아.

참 이상하지.

아니, 내가 이상한 걸까.

|는 거짓말쟁이일까.
이젠 정말 모르겠어.

미안.
생각할 시간이 필요해.

내가 정말 이상한 건지 아닌지.

따라오지 마.

시간이 필요하다고 했잖아.

화내지 마.

사람들이 화내면 정말 무섭단 말이야.

나는 이제 괜찮지 않아.
내가 정말 남들과 다른 것 같이 느껴져.

다르다는 건 무서운 거잖아.

어디서부터 잘못된 걸까.

떠오르는 생각은 하나뿐.

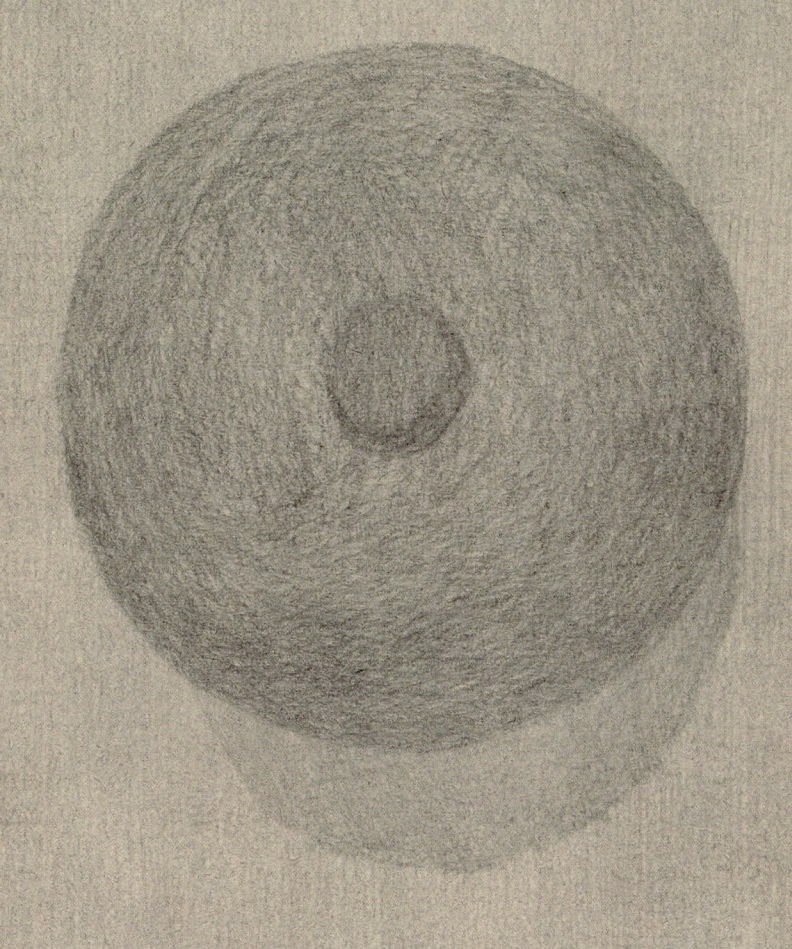

누구씨.

만나서 할 이야기가 있어.

오랜만이야. 누구씨.

꼭 하고 싶은 말이 있었어.

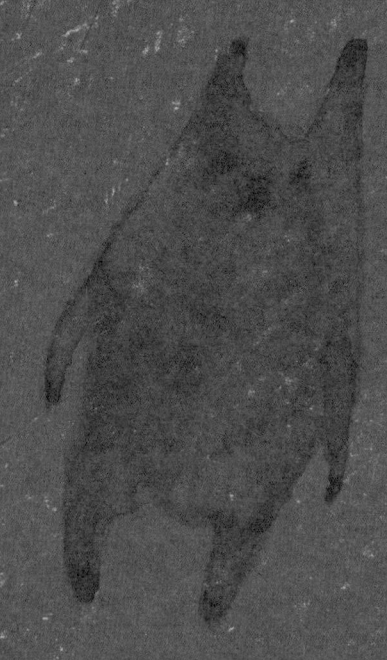

있잖아, 누구씨.
난 이제 네가 두렵지 않아.

사실 아무 것도 달라진 건 없지만 말이야.
그런데 누구씨를 만나러 오는 동안 조금은 괜찮아진 듯도 해.

그래, 괜찮다는 건 꽤 괜찮은 거야.

잘 됐지.

정말.

글 · 정미진
시나리오 작가로 활동하고 있다. 글을 쓰는
사람이 되었지만 어릴 적 꿈은 화가였다.
어릴 적 꿈과 현재의 꿈을 함께 이룰 방법을
고민하다, 그림책을 만들게 되었다. 이야기
속에 숨어 세상을 탐험하는 시간을 사랑한다.
언제까지나 재미난 이야기를 만드는
이야기꾼으로 살아가고 싶다.

그림 · 김소라
일러스트레이터로 활동하고 있다. 대학에서
서양화를 전공, 대학원에서 그림책을 공부하고
있다. 출판과 광고 등 다양한 분야의 작업을
해 왔다. 그림 그리는 순간이 가장 행복한
그림쟁이이다. 품고 있는 이야기들을 개성적인
그림으로 차근차근 표현해 나가려 한다.

at|noon *books*

정오의 따사로움과 열정을 담은
어른들을 위한 그림책을 만듭니다.